OPÉRA NATIONAL DE PARIS

20, allée de la Danse

L'Éditeur tient à remercier tout particulièrement pour leur aide précieuse :
Élisabeth Platel, *Directrice de l'École de Danse de l'Opéra de Paris ;*
Astrid Boitel, *Assistante de direction de l'École de Danse de l'Opéra de Paris;*
Benjamin Beytout, *Adjoint au Directeur Commercial et du Développement de l'Opéra de Paris.*

Loi n° 49-956 du 16 juillet 1949 sur les publications destinées à la jeunesse,
modifiée par la loi n° 2011-525 du 17 mai 2011
DA maquette : Marine Giacomi
Dépôt légal : juillet 2017
ISBN 978-2-09-257255-9

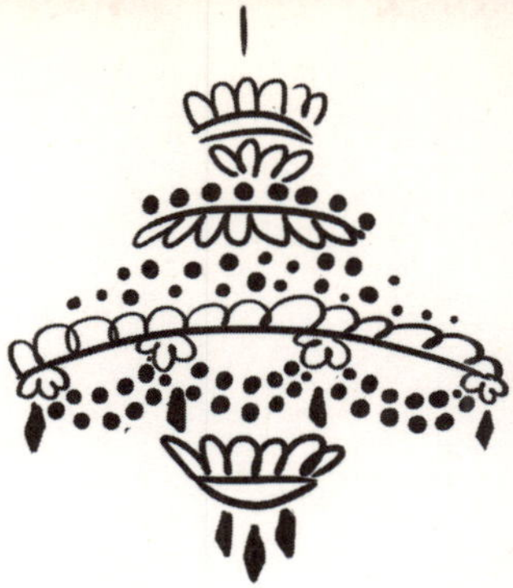

OPÉRA NATIONAL DE PARIS

20, allée de la Danse

Petit rat, malgré tout

Elizabeth Barféty

Illustré par Magalie Foutrier

Nathan

1

– Bilal ! Tu vas être en retard !

Le garçon ouvre péniblement un œil et découvre le visage de sa petite sœur Amel, tout près du sien.

– J'arrive. Promis.

Les deux yeux bruns sérieux en face de lui se plissent, puis Amel soupire.

– OK. Dépêche-toi, sinon tu n'auras pas le temps de manger. Et c'est important de ne pas partir le vendre vide.

Cette fois, Bilal s'assied d'un coup,

manquant heurter le lit de sa sœur, au-dessus du sien. Il rigole.

– Je sais, crotte de nez, je dois bien dormir, me brosser les dents et manger cinq fruits et légumes par jour. Mais je te rappelle quand même que c'est moi, le grand frère !

Et il s'avance pour chatouiller Amel, qui pousse des cris suraigus avant de s'enfuir.

Bilal passe la main dans ses cheveux, bâille une dernière fois et se décide enfin à rejoindre le salon. « C'est pas humain de se lever aussi tôt », se dit-il pour la cent millième fois.

Comme toujours, son père est déjà prêt à partir : lavé, habillé, il termine son café debout. « On dirait qu'il est pressé de quitter la maison, songe Bilal en beurrant généreusement sa tartine de pain de mie.

Comme si le magasin était à cinq minutes près ! »

Son père, Idriss, tient un magasin de vente, location et réparation de vélos. Sa mère, Malika, est « femme au foyer », comme Bilal l'écrit sur les formulaires de l'École. Mais en réalité, elle aide souvent son mari à la caisse de la boutique.

Assise à table, à côté de lui, Amel a le nez plongé dans son bol de lait chocolaté. En face, Karim, son grand frère, boit du café au lait dans un mug. Lui aussi est déjà douché et habillé. Il commence tôt depuis qu'il a débuté son contrat d'apprentissage chez un plombier. « On dirait un mini papa », se dit Bilal en l'observant.

– Bien dormi, *youlidi* ? lui demande sa mère en lui tendant la boîte de Nesquick.

Le garçon hoche la tête. Sa mère est en

peignoir. Elle a de gros cernes. «Je dois tenir d'elle», pense Bilal en lui souriant.

– On a reçu une lettre de l'École, poursuit sa mère.

Bilal retient son souffle. Il n'a rien à se reprocher pourtant, en dehors de quelques mauvaises notes… Mais il n'aime pas les rares moments où ses deux vies se mélangent. L'univers de l'École – gracieux, lumineux, chic – n'a tellement rien à voir avec l'immeuble sombre et vieillot dans lequel il a grandi. Son appartement n'est pas particulièrement petit, et Bilal s'y sent bien. C'est juste qu'il ne ressemble pas à celui de son ami Colas, par exemple. Chez lui, le salon est décoré à la marocaine, avec des meubles bas et des tissus colorés.

Il n'a qu'un court trajet pour se rendre à l'École. Pourtant, il a chaque fois l'impression de franchir une frontière invisible, d'un Nanterre à l'autre. Des immeubles serrés comme des sardines aux bâtiments aérés.

Car Bilal est élève à l'École de Danse de l'Opéra de Paris, qui forme les futurs danseuses et danseurs de la Compagnie. Pour des centaines d'enfants et d'adolescents, y entrer est un rêve fou, l'ambition suprême.

Mais chez lui, on sait à peine ce que cela représente. Personne ne danse. Personne ne connaît la danse. On est loin, très loin de l'Opéra et de ses ballets…

– C'est une invitation pour la Fête de l'École, précise sa mère. Tu ne nous en avais pas parlé…

Bilal ignore si c'est un constat ou un reproche. Il n'a pas le temps de trancher.

Karim éclate de rire et lance :

– Rassure-moi, on n'est pas obligés d'y aller ? Parce que moi, les garçons en collants, c'est pas trop mon truc.

– Karim ! souffle leur mère, qui semble plus attristée qu'en colère.

Son grand frère hausse les épaules et reprend :

– Excuse-moi, frangin, mais déjà que tu ne parles que de ça, on ne va pas en plus devoir rester les fesses dans un fauteuil à te regarder jouer les princesses !

Le bruit sec de la tasse de leur père sur la table coupe court à toute tentative de dispute. Bilal espère un instant être défendu… mais il déchante vite.

– J'y vais, lâche Idriss. À ce soir, tout le monde !

Amel se précipite pour l'embrasser et,

quelques instants plus tard, il a disparu.

Bilal soupire, puis répond, de la voix la plus neutre possible :

– Non, vous n'êtes pas obligés de venir. D'ailleurs, les familles ne viennent pas, en général, c'est plus un truc entre élèves. Je ne sais pas pourquoi les profs se sentent toujours obligés d'inviter les parents…

Bilal baisse le nez.

C'est faux, bien sûr. L'entourage des élèves attend toujours avec impatience les quelques occasions d'entrer dans l'École, de découvrir leur cadre de vie, de les voir danser… Mais les autres familles ne ressemblent pas à la sienne.

Il sent une boule gonfler dans sa gorge. Il vient de réaliser qu'il n'est pas sûr de vouloir que ses parents soient là. « Ce n'est pas bien d'avoir honte d'eux », se reproche-t-il en regardant sa petite sœur. Si joyeuse, si innocente, si fière de ses bonnes notes… « Quel dommage qu'on ne puisse pas rester enfant pour toujours », songe Bilal en se dirigeant vers la salle de bains.

Un quart d'heure plus tard, il dit au revoir à sa mère et quitte l'appartement, les cheveux encore humides. Il n'est qu'à une dizaine de minutes de l'École en vélo, pourtant il doit souvent pédaler à toute vitesse pour arriver à l'heure.

Bientôt, après avoir tourné au coin d'une rue, il aperçoit la grille et la grande plaque dorée ornée du logo de l'Opéra de Paris. Il sourit. Comme souvent, il se remémore la première fois qu'il a prêté attention à ce lieu. Il était déjà passé devant le bâtiment, bien sûr, mais il ne s'y

OPERA
ECOLE DU BALLET
DE L'OPERA
DE PARIS

était jamais vraiment intéressé. Une école de danse, c'était forcément un truc de filles. Jusqu'à cette journée d'octobre…

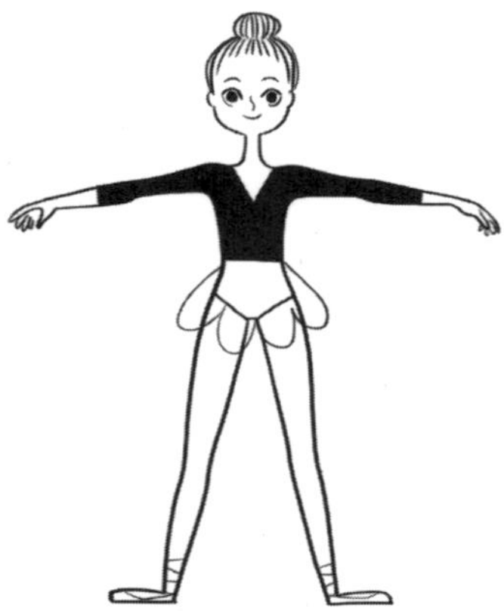

2

Il vient d'entrer en CM1. Mlle Leville, son institutrice, est jeune et souriante, bien qu'elle ait beaucoup de difficultés à maintenir le calme dans la classe. Depuis la rentrée, elle fait travailler les élèves sur la danse, toutes les formes de danse. Bilal, lui, est plus intéressé par le foot, mais peu importe ! Aujourd'hui, il est ravi, car Mlle Leville les emmène en sortie scolaire. C'est un événement rare. Mais il est quand même un peu déçu de ne pas prendre le car : l'École de Danse de l'Opéra de Paris ne se trouve qu'à quelques minutes de leur école primaire.

Dans le hall, une femme vient accueillir sa classe.

– Bienvenue ! lance-t-elle. Je m'appelle Garance, c'est moi qui vais vous faire visiter l'École.

Un brouhaha lui répond, et Mlle Leville doit réclamer le silence.

– Vous allez voir des élèves qui travaillent, explique-t-elle. Il ne faudra pas les déranger. Je compte sur vous.

– On va voir des filles en maillot de bain, madame ? demande Mathis.

Bilal tape dans la main de son meilleur ami en rigolant.

– Qui peut répondre à Mathis ? interroge Mlle Leville, sans relever la provocation.

Anabelle, la première de la classe, lève le doigt.

– En justaucorps, explique-t-elle en jetant un regard sévère à Mathis et Bilal. C'est comme ça qu'on appelle la tenue des danseurs.

– Ouais, enfin, c'est pareil… marmonne Mathis en faisant une grimace.

Garance se lance dans des explications sur le fonctionnement de l'École.

– Beaucoup d'élèves viennent de province, ils vivent donc à l'École toute la semaine. C'est pourquoi nous avons un internat.

– C'est le bâtiment où se trouvent les chambres des élèves, précise Mlle Leville.

Le groupe se met en marche pour suivre Garance, qui continue ses explications pendant la visite. Bilal découvre les chambres de l'internat, la cantine, puis le bâtiment de la scolarité.

Tout est très propre et lumineux. « Ça ne doit pas être désagréable de vivre ici », songe-t-il.

– Voici la classe du primaire, explique Garance en ouvrant une porte. On peut entrer à l'École à partir de 8 ans, certains de nos élèves sont donc en CM1, comme vous !

– Super, souffle Bilal à Mathis. On nous sort de l'école pour nous faire visiter une autre école !

Son ami rigole.

– Ouais, mais regarde : les enfants de riches ont droit à des ordinateurs, eux !

Au fond de la salle se trouvent en effet deux PC, qui sont pourtant loin d'être flambant neufs.

– Nos élèves n'ont école que le matin, poursuit Garance. Leurs après-midi sont entièrement consacrés à la danse et aux enseignements artistiques qui y sont liés : danse folklorique, mime, musique…

– Trop de chance ! s'écrie Mathis. Nous, on est obligés de rester toute la journée à l'école !

Sa remarque déclenche un rire général.

– Oh, mais vous allez voir, leurs journées ne sont pas plus reposantes que les vôtres ! rétorque Mlle Leville.

La visite se poursuit dans le troisième et dernier bâtiment de l'École, consacré à la danse. Bilal est impressionné par le hall immense et baigné de lumière qui abrite un gigantesque escalier.

Alors que la classe avance en ayant du mal à maintenir le rang, un groupe d'adolescents arrive à leur hauteur. Ils saluent Garance et Mlle Leville d'une façon étrange : les garçons inclinent la tête et les filles plient les jambes dans une sorte de courbette.

– Ils se croient dans un film ou quoi ? s'esclaffe Mathis, bien fort.

La maîtresse lui décroche un regard noir, tandis que Garance explique :

– C'est une tradition de l'École. Les élèves font la révérence à tous les adultes qu'ils rencontrent. C'est une marque de respect.

Bilal se redresse, arbore une moue crispée et imite le geste des garçons en soufflant à Mathis :

– Monseigneur !

Les deux garçons rient et sont une nouvelle fois rappelés à l'ordre par Mlle Leville.

– Les élèves ont cours dans les salles qui se trouvent autour de vous, explique-t-elle. Nous ne devons pas les déranger !

Effectivement, la classe s'avance à présent jusqu'aux grandes baies vitrées qui permettent de voir l'intérieur des salles de danse. Une dizaine de garçons en T-shirts ajustés blancs, collants et chaussons gris font leurs exercices.

– Ce sont des élèves de troisième division, annonce Garance. La quatrième année à l'École.

– T'as vu comment ils sont habillés ?! lance Mathis en poussant Bilal du coude.

Alors que son copain se moque de leurs tenues, le regard de Bilal est attiré par un élève qui s'élance dans la diagonale de la salle et bondit souplement.

« Waouh ! Sacrée détente ! » se dit-il.

Il ne s'attendait pas à ça. Pour lui, la danse, c'est un truc vaguement ridicule, où on fait tout un tas de simagrées pour rien. Mais ce que réalisent les élèves sous ses yeux, ça ressemble à… un sport. Et un sport épuisant, s'il en croit leurs visages rougis, la sueur qui colle leurs cheveux et mouille leurs T-shirts…

– À présent, nous nous rendons dans la salle de spectacle de l'École, déclare Garance. Nos élèves de première division vous montreront ce qu'ils savent faire !

Dans un silence inhabituel, la classe se rend jusqu'au grand amphithéâtre.

– Au moins, on va pouvoir piquer un roupillon ! s'exclame Mathis en s'installant dans un des confortables fauteuils rouges.

Bilal lui sourit sans répondre. Il ne

l'avouerait pour rien au monde, mais il est impatient d'assister au spectacle maintenant.

Quelques minutes plus tard, le rideau se lève et les danseurs entrent en scène. Ce sont des filles et des garçons âgés d'environ 16 ou 17 ans. Les danseuses qui évoluent sur les planches impressionnent Bilal par leur grâce incroyable. Malgré leurs silhouettes fines, elles ont, elles aussi, une puissance extraordinaire. Quant aux garçons, ils semblent voler, sans effort apparent. Bilal est fasciné.

La musique d'un piano accompagne les élèves. Et l'écolier se laisse emporter. Il sent les poils de ses bras se dresser. La tristesse, la joie, la douleur : toutes ces émotions qui passent par le corps des danseurs. C'est saisissant. Magique.

Il n'a jamais rien vu de pareil. Jamais rien ressenti de pareil. Et au bout de quelques minutes, ses pieds, ses jambes le démangent. Il voudrait sauter, lui aussi. Bouger, tourner. Danser ?

Pendant le trajet qui le ramène à l'école primaire et à sa vie quotidienne, Bilal se sent à part. Pour la première fois, il n'a pas envie de rire avec Mathis, qui n'en finit plus de se moquer des danseurs. Impossible de confier à qui que ce soit ce qu'il vient d'éprouver ! Il sait bien qu'il ne dansera jamais : là où il habite, les garçons ne font pas ça. Mais rêver, on a le droit, non ?

Avec un sourire, Bilal franchit la grille

et se rend dans la cour intérieure de l'École, qui sépare le bâtiment de la scolarité et celui de la danse. « J'ai bien fait de rêver », se dit-il en retrouvant la bande. C'est comme ça que son groupe d'amis se surnomme. Ils sont six inséparables en sixième division, c'est-à-dire la première année à l'École. La douce Maïna et la sérieuse Constance, qui sont en sixième avec lui, mais aussi trois élèves de CM2 : Zoé la rigolote, Sofia la discrète et le mystérieux Colas. Mystérieux, c'est ce qu'en disent les filles en tout cas. C'est vrai que le petit blond ne ressemble pas aux amis que Bilal avait à l'école primaire. Il n'est pas du genre à être insolent avec les profs… pourtant, les deux garçons rigolent bien ensemble !

– Bon week-end ? lui demande Maïna.

– Comme toujours, réplique Bilal, souriant.

Quels que soient les problèmes, doutes ou difficultés qu'il connaît en dehors, Bilal a décidé une fois pour toutes de ne pas les amener avec lui à l'École. Les deux mondes ne doivent pas se mélanger. C'est mieux comme ça.

– Moi aussi ! s'exclame Colas. Je suis allé à l'Opéra avec ma famille samedi, on a vu *Les Contes d'Hoffmann*, c'était vraiment sympa. Enfin, si Frantz n'avait pas passé son temps à étaler sa culture lyrique, ça aurait été encore mieux, mais bon… Faut pas trop en demander !

Le blond a un sourire indulgent. Sa relation avec son grand frère, lui aussi élève à l'École de Danse, n'est pas toujours simple. Mais depuis quelque temps, les deux garçons semblent s'être rapprochés.

– J'adore Offenbach ! s'exclame joyeusement Constance. On écoutait toujours des airs de *La Vie parisienne* quand j'étais petite avec maman.

Bilal ne peut s'empêcher de serrer les dents en suivant l'échange entre ses amis. Dans sa famille, on ne va pas à l'Opéra et on n'écoute pas de musique classique. Parfois, il envie ses amis d'être nés dans des milieux si cultivés. Depuis qu'il est entré à l'École, il se rend compte de tout ce qu'il ne connaît pas : tellement de ballets à voir, tellement de chorégraphes à découvrir. Quand il s'agit de sa passion, il est boulimique : il a envie de tout apprendre !

– Moi, j'ai testé un cours de danse, pas

très loin de chez mes parents de week-end, explique Sofia. On a fait un peu de contemporain, j'ai trouvé ça super !

La jeune Italienne passe ses fins de semaine dans une famille d'accueil, qui vit en région parisienne. C'est le cas pour tous les élèves dont la famille réside trop loin, comme Maïna, dont les parents habitent en Martinique ou encore Zoé, qui vient de Corse.

– Génial ! s'écrie Constance.

Et les deux filles se lancent dans une discussion animée. À côté d'elles, Zoé s'étire comme un chat au soleil et déclare avec un sourire malicieux :

– Moi, je n'ai rien fait du week-end. Séries télé et dodo ! J'avais tellement mal partout que je n'ai même pas voulu aller me promener.

– Tu as raison, répond Maïna. Ça fait du bien de se faire chouchouter par sa famille de week-end, de temps en temps. Il faut bien qu'on récupère !

Toute la bande éclate de rire. Bilal pense au samedi qu'il a passé à la boutique pour aider son père à faire l'inventaire. C'est maintenant qu'il a mal partout…

Maïna le tire de ses pensées alors qu'ils montent l'escalier qui conduit aux salles de classe.

– Tu es au point pour le devoir de maths ? lui demande-t-elle.

Le garçon fait la moue.

– Au point, c'est beaucoup dire… Saignant, plutôt ?

Maïna et Constance sourient à sa blague, mais elles semblent un peu inquiètes pour lui.

– T'exagères, lui dit Constance. M. Felder nous a prévenus avec une semaine d'avance… Et tu sais bien qu'il faut que tu remontes ta moyenne en maths !

Bilal se redresse en claquant des talons et répond :

– Je ferai de mon mieux, mon colonel ! Mais si je suis blessé sur le terrain, il faudra continuer sans moi…

Cette fois, les deux filles rient et Bilal en profite pour aller s'asseoir à sa table. Maïna le rejoint et s'installe à côté de lui, tandis que Constance gagne sa place au premier rang.

Mais un quart d'heure plus tard, devant la feuille du contrôle, Bilal doit bien se rendre à l'évidence : ses amies avaient raison. « J'aurais dû passer le dimanche à travailler », se dit-il en relisant l'énoncé du problème pour la troisième fois.

Il faut dire qu'il était tellement fatigué par sa semaine et par son samedi à la boutique qu'il s'est endormi comme une masse après le déjeuner.

Jamais ses amis n'imagineraient devoir travailler le week-end.

Bilal pousse un soupir bruyant, qui lui vaut quelques regards amusés de ses camarades et un froncement de sourcils de son professeur de mathématiques.

Discrètement, Maïna oriente sa feuille pour qu'il puisse lire ce qu'elle a déjà écrit. Il sourit, et se met à recopier…

3

Enfin, la cloche sonne pour annoncer la fin de la matinée. Bilal frétille sur sa chaise, heureux de laisser la leçon d'histoire derrière lui, moins stressante que le contrôle de maths… mais bien plus ennuyeuse ! Il se réjouit surtout d'être si proche de son moment préféré de la journée : le cours de classique par lequel débutent tous les après-midi à l'École !

Il range rapidement ses affaires dans son sac et fonce vers le vestiaire des garçons.

Il prend sa place habituelle, sur le banc le plus proche de l'entrée, et pose son sac sur la console devant lui. Il est temps pour lui de se transformer en danseur !

Il enlève ses baskets et ses chaussettes, puis son jean et son T-shirt. Il enfile le T-shirt blanc à manches courtes que portent tous les élèves de l'École, quelle que soit leur division. Puis il passe le collant gris et les chaussons de demi-pointes assortis. Il jette un coup d'œil à la glace face à lui pour s'assurer que tout est en ordre. Il ne peut retenir un sourire satisfait. Son corps a beaucoup changé en quelques mois. Le sport intensif sculpte ses muscles, qui se développent rapidement. Il est plus grand et plus fort que les autres élèves de sixième division.

– Encore en train de t'admirer, hein ?

le taquine Colas qui se poste à côté de lui, un sourire moqueur aux lèvres.

– Hé, ça va, la crevette ! rétorque Bilal. Tu comprendras quand tu seras plus grand !

Les deux garçons se tapent dans la main, complices, puis Bilal passe le survêtement de l'École, pantalon et sweat zippé, avant d'enfiler des boots par-dessus ses chaussons. Il n'a plus qu'à ranger ses affaires de ville, et il est prêt.

Il attend tout de même que Colas ait fini de se préparer, puis tous deux rejoignent le réfectoire.

– Je pourrais dévorer cinq menus Big Mac ! s'écrie Bilal dans la file du self.

– Un steak haché, j'imagine ? lui lance Henri, le cuisinier, avec un large sourire.

– Et double portion de pâtes, s'il te plaît ! approuve le garçon.

Les deux amis vont s'asseoir à une table vide, réservant quatre places à côté d'eux pour les filles. Elles arrivent toujours un peu plus tard car elles doivent faire leurs chignons. Ils aiment bien ces moments « entre hommes ». Mais aujourd'hui, ils sont si affamés qu'ils attaquent l'entrée en silence.

À l'arrivée de Constance, Zoé, Sofia et Maïna, la conversation roule sur les auditions d'entrée à l'École. Visiblement, ils gardent tous un souvenir très précis, et souvent ému, de cette journée particulière. Bilal se rappelle bien sûr sa joie incrédule au moment de l'annonce des résultats.

Pourtant, quand il y repense, le jeune danseur grimace. Il revoit sa mère, un peu perdue dans le hall, parmi la foule de parents. Tous les autres semblaient savoir ce qu'ils faisaient là. Ils échangeaient, discutaient entre eux. Elle était assise dans un coin et avait l'air de vouloir se faire la plus petite possible, de vouloir disparaître. En tout cas, c'est ce que s'était dit Bilal en la regardant de loin. Et sans qu'il sache bien pourquoi, il s'était senti gêné.

Il secoue la tête pour revenir au présent. Les desserts sont terminés, il est temps d'aller en cours.

À l'École, hors de question d'être en retard ! D'autant qu'avec M. Borel, le professeur de danse des garçons de sixième division, les manquements se paient immédiatement… et en pompes !

– À tout à l'heure, les filles ! lance Bilal en se dirigeant vers la salle de danse avec Colas.

Les deux garçons saluent Matthieu, le pianiste qui accompagne chacun de leurs cours, puis ils se débarrassent rapidement de leur survêtement et de leurs boots. Direction : la barre.

Ils viennent de s'installer quand la voix grave de leur professeur retentit, emplissant la salle :

– Bonjour, les garçons ! On reprend les exercices de la semaine dernière, pour se mettre en jambes.

Des notes de piano s'élèvent, joyeuses, et Bilal entame la première série de pliés. Après quelques minutes, la chaleur se répand dans ses muscles. Il sent son dos se redresser, son cou s'allonger. Dégageant les épaules, il s'applique à exécuter des mouvements parfaitement aboutis.

Le travail se fait plus intense, sa respiration

s'accélère. C'est ce mélange de concentration, de calme et d'effort qui lui a immédiatement plu dans la danse classique.

Il aime la sensation de contrôler son corps et d'être si absorbé qu'il n'y a plus de place pour rien d'autre. Les muscles le tiraillent, son cerveau est entièrement occupé par l'exercice et par la musique.

Toujours à la barre, les jeunes danseurs entament des dégagés, puis des battements. Bilal sent maintenant ses muscles répondre, retrouvant leur souplesse habituelle. La puissance du sol passe dans ses jambes, son corps se renforce.

Quand l'heure et demie se termine, Bilal est essoufflé, les joues rosies, le front luisant… et satisfait. Les cours de danse sont toujours trop courts. Il sourit à Colas, avant d'avaler d'un trait la moitié de sa bouteille d'eau. Il est heureux.

Après le second cours de l'après-midi – expression musicale avec M. Jankovic –, la bande s'assied dans le parc pour profiter encore de quelques minutes tous ensemble. Car si les cinq autres sont internes, Bilal, lui, doit bientôt rentrer chez lui.

Il sait que ses amis l'envient parfois, ou plutôt qu'ils envient sa liberté de mouvement. Eux restent du lundi au vendredi à l'École, alors qu'il peut enfourcher son vélo et se balader en ville. De son côté, il s'est souvent dit qu'il préférerait vivre à l'internat. Pour ne pas rater tous les moments que lui raconte la bande, mais aussi pour ne pas devoir sans cesse passer d'un univers à l'autre.

L'École est un cocon bien douillet, dans lequel la danse a une importance capitale, dans lequel tout le monde partage la même passion. Alors qu'à l'extérieur…

Son visage a dû se fermer sans qu'il s'en rende compte, car Colas l'interpelle :

– Allez, fais pas cette tête, tu vas finir par l'avoir, ton grand écart !

– Tu as eu une remarque de M. Borel ? interroge Maïna en plissant le front.

Bilal sourit : la jeune fille s'inquiète toujours pour ses amis, une vraie mère poule.

– Non, t'en fais pas, réplique Bilal. Il dit qu'on y arrivera tous à la fin de l'année, et qu'on a chacun notre rythme. Mais c'est vrai qu'à côté de monsieur l'élastique, j'ai l'impression d'être en bois.

Quand les garçons font leurs étirements et qu'il s'assied face au mur, jambes écartées, il lui manque encore dix bons centimètres pour atteindre ce fameux grand écart. La souplesse n'est pas vraiment son point fort, et dans sa chambre encombrée, à la maison, il a du mal à s'entraîner correctement. Mais il a confiance en son corps. Il s'adapte.

– Bon, allez, je file ! déclare-t-il soudain en se relevant. À demain, et pas trop de bêtises sans moi, OK ?

D'un pas rapide, il rejoint l'entrée. Le sas qui mène vers son autre vie. Mais quand il approche de la place où il a attaché son vélo, juste devant l'École, une mauvaise surprise l'attend : ses pneus sont dégonflés. « Bizarre, se dit-il, en se penchant pour les examiner. Ils étaient nickel ce matin… »

Et, évidemment, il n'a pas écouté son père, qui lui conseille toujours d'emporter un kit de réparation dans son sac à dos.

« Tant pis, je vais le pousser », songe-t-il.

Il passe par le chemin le plus court et débouche bientôt dans une petite rue, entre deux immeubles.

Il n'a pas fait cent mètres qu'il entend des exclamations et des rires. Cinq garçons sont assis sur un muret, au bout de la rue. Au début, il n'y prête pas attention. Mais après quelques pas, il se rend compte qu'ils s'adressent à lui.

Il plisse les yeux, et reconnaît les visages. Des ados de son quartier, dont certains étaient à l'école avec lui. Il y a aussi Mathis, qui garde un air impassible, même quand Bilal lui sourit.

– Hé, mais c'est la danseuse ! s'écrie Steeve, un grand aux cheveux blonds dont le visage est mangé par l'acné. Tu nous fais une démonstration ?

– T'as ton tutu dans ton sac ou tu l'as laissé dans ton école de bourges ? renchérit Thiago, un petit brun trapu aux yeux dissimulés par sa casquette.

– Très drôle, les gars, répond Bilal en essayant de ne pas se crisper.

Derrière eux, il aperçoit Quentin et Kylian. En fait, il les connaît tous. Ils font les malins, mais ils ne sont pas bien méchants…

– Bah alors, elles te font plus marrer, nos blagues ? T'as changé, Bilal ! reprend Steeve.

Le danseur cherche Mathis du regard. Depuis qu'il est entré à l'École, les deux garçons se sont éloignés. Au début, ils s'appelaient, ils essayaient de se voir. Mais Bilal n'avait jamais assez de temps. Son ami ne comprenait déjà pas qu'il veuille danser, alors si en plus il préférait ça au foot, aux sorties, à tout le reste… Peu à peu, Mathis n'a plus cherché à le voir. Et le voilà qui lui décroche un regard glacial.

– Y'a des mecs qui oublient d'où ils viennent, lâche-t-il. Tu fais le beau, mais t'es pas meilleur que nous.

Bilal reste muet, stupéfait par la violence de l'attaque.

– Allez, vas-y, rentre chez papa maman, lance Thiago.

Le jeune danseur hésite à répondre, mais il sait que ça ne ferait qu'envenimer les choses. Alors il baisse la tête et pousse son vélo, droit devant. Il s'apprête à tourner quand les dernières paroles du groupe arrivent à ses oreilles.

– Mon grand frère dit que les danseurs préfèrent les garçons. C'est vrai, Bilal ? Tu nous kiffes ?

Le garçon sent ses joues le brûler, alors que les rires et les exclamations dégoûtées fusent du groupe. Agrippées au guidon du vélo, ses mains tremblent.

4

De retour chez lui, Bilal refuse de penser à ce qui vient de se passer. « Il faut que je m'occupe de mes pneus », se dit-il. Il salue sa mère en coup de vent et redescend en bas de son immeuble, muni d'une pompe et de rustines.

Il espérait que le travail manuel l'aiderait à ne pas penser, mais c'est tout le contraire. Les pneus ne sont pas dégonflés. Ils sont crevés. Nettement. Intentionnellement.

« Je suis sûr que c'est eux », songe immédiatement Bilal. Il sait bien que, dans le quartier, personne ne comprend son intérêt pour la danse. Lui-même, il se serait sûrement moqué des danseurs en collant, avant. Mais ils le connaissent ; ils ont joué avec lui. Pourquoi veulent-ils lui pourrir la vie ?

Bilal soupire. Il ne le saura sans doute jamais. Il se met au travail. Les vélos, ça le connaît, la réparation ne devrait pas lui prendre trop de temps. Mais ses mains tremblent toujours…

Quand il remonte à l'appartement, il est tendu. Inquiet, en colère, fatigué. Tout à la fois.

Il ouvre le frigo, attrape une tranche de dinde et du fromage pour se faire un sandwich.

– On dîne dans un quart d'heure, *youlidi*, le sermonne sa mère en entrant dans la cuisine.

– Je suis crevé, maman, répond-il. Et j'ai vraiment faim !

– C'est la croissance, ça ! Mon petit garçon qui devient un homme…

Bilal lève les yeux au ciel et repousse la main de sa mère qui cherchait à lui ébouriffer les cheveux.

– Arrête, maman ! grogne-t-il. Je t'ai déjà dit que c'était fatigant, la danse !

Et il file se réfugier dans sa chambre. Assis sur son lit, il mord dans son sandwich, mais peine à avaler sa bouchée. Il a la gorge serrée. Il aurait aimé parler à sa mère de ce qui vient de se passer. Qu'elle le rassure, qu'elle le protège… Mais à quoi bon ? Il ne va tout de même pas lui demander de l'accompagner à l'École ? Ce serait la meilleure façon de donner raison à ces imbéciles.

Il se force à terminer son casse-croûte, retire ses baskets et son jean puis s'enfouit sous sa couette.

Soudain, Bilal se réveille en sursaut. Il a la bouche pâteuse et a envie d'aller aux toilettes. La chambre est plongée dans l'obscurité. Il entend la respiration d'Amel dans le lit du dessus. « J'ai dû m'endormir, comprend-il en constatant qu'il est tout habillé. Faut croire que j'étais vraiment KO. »

Il se lève sans faire de bruit pour ne pas réveiller sa sœur et se dirige vers la salle de bains. La porte qui sépare le salon des chambres est entrouverte. Il aperçoit ses parents qui sont encore debout. Son père a les bras croisés et la voix des mauvais jours.

Sur la pointe des pieds, il s'approche de la porte. Il entend plus clairement la discussion. Ou plutôt la dispute...

– Au moins, il est sérieux, il ne traîne pas dans les rues comme les autres gamins, dit sa mère d'une voix indignée.

– On ne va pas lui donner une médaille parce qu'il n'est pas délinquant ! réplique son père. Tu ne lui rends pas service en le couvant comme ça. C'est trop exiger qu'il dîne avec nous ? Quand il aura un vrai travail, son patron ne lui demandera pas s'il n'est pas trop fatigué pour bosser !

– Peut-être qu'il pourra en faire son métier, de la danse ? suggère sa mère. C'est à ça qu'elle sert, son école...

– Mais bien sûr, rétorque son père, sarcastique. Tu en connais, des danseurs, toi ? Et des danseurs arabes, en plus ! Il y en a, à son Opéra ? Jamais mon père ne m'aurait laissé faire une chose pareille !

– Mais ce n'est plus la même époque, réplique sa mère. Les choses ont changé. Et c'est son rêve…

– Et s'il n'y arrive pas, hein ? Il aura quoi ? Un joli diplôme de danseur ? Il ne saura rien faire de ses mains, il aura suivi des études inutiles. Il croit qu'il peut vivre comme ses copains de l'École. Mais personne ne lui fera de cadeaux, à lui…

Déprimé, Bilal recule. Il ne veut pas en entendre plus. Son père n'a rien compris. La danse, c'est justement ce qui lui ouvrira toutes les portes. C'est un langage universel, qui lui permettra d'aller partout. Bien loin de Nanterre. Pourquoi refuse-t-il de comprendre ça ? Avant, ils s'entendaient bien, pourtant… « Quand je voulais devenir comme lui », pense Bilal, amer.

Après la visite de l'École, Mlle Leville avait demandé à ses élèves de CM1 de faire une rédaction. Ils devaient raconter ce qui les avait le plus marqués lors de cette sortie. Et Bilal, qui n'aimait pourtant pas écrire, s'était surpris à coucher sur le papier l'impression, si vive, qu'avait produite sur lui le spectacle.

Il faut croire qu'il avait réussi à transcrire son émotion, car sa maîtresse avait tenu à discuter avec lui pendant une récréation, la semaine suivante. Elle l'avait félicité. Et elle lui avait parlé d'un de ses amis qui donnait des cours de danse à la maison des jeunes du quartier.

– Tu devrais essayer, Bilal ! lui avait-elle proposé, enthousiaste comme toujours. Tout le monde peut danser, tu sais !

Sur le coup, le garçon avait balayé l'idée d'un sourire moqueur. C'était juste une idée bizarre qui lui était passée par la tête et qui allait en repartir aussi vite. Mais les semaines suivantes, il pensait toujours à la scène éclairée par les projecteurs, aux sauts des danseurs et aux poils hérissés sur ses bras.

Alors, un jour, il avait fini par pousser la porte de la maison des jeunes. Et par rencontrer Romain, le prof de danse. Il avait commencé par le hip-hop, la danse qui lui paraissait la plus accessible, la plus masculine aussi. Puis, curieux, il avait testé les cours de jazz. Après quelque temps, Romain lui avait proposé de suivre des cours particuliers de classique. La base de tout, selon lui.

Dès le premier cours, Bilal avait su que c'était cela qu'il cherchait. Cette danse-là. La rigueur, la discipline, l'exigence, la dépense physique, la force. Il avait instantanément retrouvé la sensation mystérieuse du jour de la visite. Et il n'avait plus jamais lâché ses chaussons…

Le lendemain, le retour à l'École est difficile. Bilal a eu du mal à se rendormir et donc du mal à se réveiller. À peine met-il le pied dehors, après le petit déjeuner, que son estomac se serre, menaçant de rejeter la tartine qu'il vient d'avaler.

Il sait bien que ceux qui traînaient dans la rue hier sont sans doute encore au chaud dans leur lit à cette heure matinale… Pourtant, il se dépêche de détacher son vélo et il pédale à toute allure. Pressé d'arriver.

La matinée passe bien trop lentement au goût de Bilal, et l'après-midi bien trop vite. Le second cours est celui de Mlle Doniestka, la professeure de danse folklorique. La bande apprécie beaucoup cette séance, car elle leur offre l'occasion de danser ensemble, filles et garçons mélangés.

Comme souvent, Bilal se retrouve avec Maïna. Tous deux s'entendent bien, et ils doivent contenir leurs fous rires.

La main de son amie dans la sienne,

tournant au rythme de la musique, Bilal oublie tout de sa journée de la veille.

Alors qu'ils ramassent leurs affaires, Zoé chuchote :

– Ça tient toujours pour notre Action ou vérité ? On se retrouve dans notre chambre dans dix minutes ?

– Yep ! confirme joyeusement Bilal. Je me change et j'arrive !

Chaque semaine, la bande organise au moins une séance de leur jeu favori. Il leur permet aussi bien de se défouler, avec des gages extravagants, que de se confier et de mieux se comprendre les uns les autres. Et pour Bilal, c'est l'occasion d'une brève incursion à l'internat pendant laquelle il se sent enfin tout à fait semblable à ses amis. Il ne manquerait ça pour rien au monde.

5

Bilal monte les escaliers de l'internat qui mènent à la chambre de Zoé Constance et Maïna. Quand il pousse la porte, les autres discutent en l'attendant.

– Enfin ! s'écrie Zoé en roulant des yeux comme si elle patientait depuis des heures.

– Je sais que vous ne pouvez pas vous passer de moi, réplique Bilal de son plus beau sourire en s'asseyant en tailleur sur la moquette.

– J'ai une super idée de gage ! annonce Zoé avec une expression diabolique.

La petite rousse est tellement excitée qu'elle n'arrête pas de se tortiller sur place.

– Je sais pas, vous, souffle la timide Sofia en écarquillant les yeux, mais moi, je ne prends pas « action » ce soir.

– Préparez-vous à entendre toute la vérité, rien que la vérité ! ajoute Constance, une moue moqueuse aux lèvres.

Maïna rigole et approuve :

– Pareil, je ne tiens pas à tester les inventions bizarres de Mlle Suricate.

Zoé prend un air de chien battu pour protester :

– Mais non ! Vous pouvez pas me faire ça ! Si tout le monde choisit « vérité », ça va être trop nul comme partie.

Et la petite rousse croise les bras.

Bilal pousse un soupir exagéré, avant de lever la main, théâtral.

– Très bien, alors je me sacrifie pour le bien commun ! annonce-t-il. Allez, balance ton action, Bouclettes.

Un énorme sourire s'affiche sur le visage de Zoé.

– *Yes !* Au moins un qui n'est pas une grosse poule mouillée, dit-elle en regardant Colas d'un air entendu.

– Tu connais notre Bilal, réplique le blond, il n'a peur de rien !

Les autres éclatent de rire.

– Ça, c'est sûr ! approuve Sofia, admirative.

D'habitude, ce compliment ferait très plaisir à Bilal. Mais depuis qu'il a croisé le groupe de caïds dans la rue, il n'est plus très sûr de son courage…

Secouant la tête comme pour en chasser ce mauvais souvenir, il demande :

– Bon, c'est quoi, ton fameux gage de la mort ?

Zoé file dans son box, farfouille dans ses affaires et revient avec ce qui ressemble à un rectangle blanc et vert.

– Tadam ! Je te présente : la bande de cire froide !

Bilal et Colas ont la même grimace, tandis que les filles éclatent de rire.

– Allez, relève-moi ton jean, on va épiler ce tibia poilu…

Quand Bilal traverse le parc pour quitter l'École, une heure plus tard, il a le sourire. Mais il le perd en découvrant qu'à l'endroit où il avait accroché son vélo en arrivant, il n'y a plus rien. Enfin si : son antivol, coupé en deux, nettement. Il s'approche pour l'examiner. « Coupé avec une pince », remarque-t-il machinalement. Il sent ses épaules s'affaisser.

Comment doit-il se comporter pour qu'on le laisse tranquille ? Il ne leur a rien fait… Pourquoi s'acharner comme ça ? Il s'éloigne en soupirant. Cette fois, il prend soin d'éviter la petite rue dans laquelle les garçons l'avaient interpellé la dernière fois. Mais, malgré le détour, il se retrouve face à la bande.

« Ils m'attendaient », comprend Bilal en serrant les dents. Il sent une goutte de sueur froide glisser dans son dos. Ses poings se crispent. Seul contre cinq…

que pourrait-il faire ? Il hésite à s'enfuir en courant. Mais pour aller où ?

– Salut, la danseuse ! lui crie déjà Steeve. C'est gentil de passer nous voir…

– C'est vous qui avez pris mon vélo ? lance Bilal qui sent la colère bouillonner en lui.

Steeve bondit du capot de la voiture où il était assis et s'avance, menaçant.

– Je rêve, ou il nous traite de voleurs, les gars ?

Il pose la main sur le torse de Bilal et le pousse violemment vers l'arrière. Déséquilibré, le garçon laisse tomber son sac à dos sur le sol, mais parvient à rester debout.

– Tu crois que tu peux nous accuser comme ça ? Tu te crois supérieur dans ton école de gosses de riches ?

NY

D'un coup de pied, Thiago envoie valser à plusieurs mètres le sac que Bilal tentait de ramasser.

– Mathis ! s'écrie le jeune danseur dans une tentative désespérée. Dis-leur de me laisser tranquille !

Le visage déformé par la colère, ce dernier s'avance à quelques centimètres de Bilal et lâche :

– Et pourquoi je ferais ça, hein ? Tu ne me parles plus, tu n'as le temps pour rien d'autre que ta danse. Je n'existe plus pour toi. Alors toi non plus, tu vois, tu n'existes plus pour moi.

Mathis fait volte-face et s'éloigne. Bilal espère un instant que les autres vont le suivre et le laisser tranquille. Mais soudain, il ressent une vive douleur dans le dos. Un des garçons est passé derrière lui pour lui donner un coup de poing.

Bilal tombe à genoux, et un deuxième garçon en profite pour lui envoyer un coup de pied dans la cuisse.

D'un geste réflexe, Bilal lève ses mains pour se protéger le visage, mais trop tard, il a déjà pris une gifle de Steeve. Il sent le goût métallique du sang dans sa bouche. Il tremble. Il a peur à présent, vraiment peur.

– On y va, les gars ! crie Thiago qui vient de repérer un homme au coin de la rue.

La respiration saccadée, le sang battant à ses oreilles, Bilal se relève difficilement. L'adrénaline parcourt tout son corps, il sent à peine la douleur des coups qu'il vient de recevoir.

– Ça va, petit ? lui crie l'homme en se rapprochant.

Bilal ramasse son sac à dos sans répondre. Il rentre la tête dans les épaules et s'en va aussi vite que le lui permet sa cuisse endolorie.

« C'est un cauchemar, se répète-t-il sur le reste du chemin. Je vais me réveiller. »

Arrivé dans son immeuble, il se voit dans le grand miroir du hall d'entrée.

« Maman va flipper », se dit-il. Il sort un mouchoir pour essuyer son visage, se recoiffe avec les doigts, nettoie son jean et son sac à dos du mieux qu'il peut et prend l'ascenseur.

– Comment est-ce que tu t'es mis dans un état pareil ? lui demande sa mère avant même qu'il ait eu le temps de dire bonjour. Tu es sale comme tout !

Bilal hausse les épaules et explique :

– On a joué au rugby dans le parc…

Sa mère ouvre de grands yeux, surprise, mais n'insiste pas.

– Tu ne veux pas goûter ? crie-t-elle à son fils, qui disparaît dans sa chambre. J'ai fait des cornes de gazelle !

Seul le claquement de la porte lui répond.

Le lendemain, pendant le cours de danse de M. Borel, Bilal doit lutter pour ne pas gémir. Tout son corps lui fait mal. Il a l'impression que chaque geste réveille une nouvelle douleur. Les dents serrées, il prend sur lui pour suivre, malgré les étoiles grises qui scintillent devant ses yeux.

Jamais l'heure et demie ne lui a paru aussi interminable. Quand il se rhabille enfin,

Colas s'approche de lui, l'air soucieux.

– Y a un truc qui ne va pas, Bilal ?

Le danseur tente un sourire et assure :

– Rien ! Tout est nickel, comme d'hab. Pourquoi ?

Le blond plonge son regard dans le sien.

– Arrête de raconter n'importe quoi. Je te connais. Tu avais l'air de souffrir le martyre, alors qu'hier tu sautais comme un cabri. Qu'est-ce qui s'est passé ?

Bilal soupire.

Les deux garçons quittent la salle, et Bilal fait signe à Colas de le suivre dans le parc. Là, il s'assied sur un des bancs de pierre.

Colas laisse encore passer quelques instants de silence, avant d'insister :

– Tu peux tout me dire, tu le sais. Alors raconte.

Les yeux baissés, le regard obstinément fixé sur l'herbe verte du parc, le jeune danseur se mord la lèvre. S'il dit à Colas qu'il ne s'est rien passé, celui-ci ne le croira pas. Il alertera la bande ; ils essaieront par tous les moyens de découvrir la vérité. Et les choses lui échapperont complètement.

Mais s'il dit la vérité, ses amis feront un scandale, rameuteront tous les adultes, bref, remueront ciel et terre pour l'aider. Sauf qu'en dehors de l'École personne ne sera là pour le protéger. Il sera toujours seul face aux autres.

Après s'être raclé la gorge, Bilal se décide.

– Hier soir, je… je me suis battu.

– Quoi ?! s'écrie Colas en écarquillant les yeux. Mais avec qui ? Pourquoi ?

– Contre des petits caïds du coin. Des imbéciles.

En voyant le visage paniqué de Colas, il ajoute immédiatement :

– Ne t'inquiète pas, j'étais avec mes potes de l'école primaire. Et tu verrais l'état dans lequel sont les autres !

Il grimace.

– J'ai pris quelques coups, mais on a gagné. Ils ont compris, je t'assure.

– Tu en as parlé à tes parents ? demande Colas.

Bilal secoue la tête.

– C'est fini, je te dis. Pas la peine d'en parler à qui que ce soit.

Colas fait la moue.

– Promets-moi que tu ne raconteras rien aux filles, ajoute Bilal. Ça les ferait flipper pour rien. C'est géré, tout va bien maintenant, OK ?

Colas le regarde sans répondre.

– Promets-moi ! insiste Bilal.

– OK, finit par acquiescer Colas. C’est promis.

6

Contrairement à ce qu'il a assuré à son ami, Bilal va mal. Les jours passent sans qu'il ne revoie Steeve, Mathis, Thiago et leurs acolytes. Mais il vit dans la peur. Il a fini par avouer à son père qu'il s'était fait voler son vélo, et il a hérité d'un vieux modèle qui traînait au magasin. À présent, il effectue chaque trajet le plus vite possible, pédalant de toutes ses forces, une boule dans le ventre.

Il a plusieurs fois failli se faire renverser

par une voiture, mais ça ne l'arrête pas pour autant. À chaque arrêt, il a l'impression que le groupe de caïds va surgir de nulle part.

Le week-end, il ne quitte plus sa chambre. Pourtant, même là, il ne se sent pas bien. Il a du mal à dormir, du mal à manger, du mal à travailler.

Et bien sûr, après quelques semaines à ce rythme, les conséquences deviennent visibles… Ses notes, qui n'étaient déjà pas très bonnes, chutent encore.

Ce jeudi, en lui rendant sa copie, M. Bellaire, le professeur d'histoire, soupire :

– Ça manque vraiment de travail, Bilal. Tu ne connais pas tes dates, tu mélanges les événements entre eux… Il faut vraiment que tu mettes un coup de collier.

Relevant la tête pour que son regard embrasse tous les élèves, il poursuit d'une voix forte :

– Je vous rappelle que le travail scolaire n'est pas optionnel !

Les élèves acquiescent : tous les petits rats savent qu'ils ne doivent pas négliger leurs études. Car une partie d'entre eux quitteront l'École en cours de route. Certains parce qu'ils auront échoué aux examens de fin d'année, d'autres parce qu'ils n'auront plus envie de poursuivre…

Et même pour ceux qui termineront la première division et obtiendront leur diplôme de danseur professionnel, le fait d'avoir le bac est essentiel. La carrière de danseur est pleine d'incertitudes et s'arrête tôt : à l'Opéra, on prend sa retraite à 42 ans.

La plupart des élèves de sa classe n'ont pas de difficultés scolaires, ce qui rend les choses encore plus pénibles pour Bilal. Une nouvelle fois, il se sent différent des autres. Dans sa famille, personne n'a fait de longues études. Et personne ne lit de livres. Ce n'est pas comme chez Colas, où il y en a autant qu'à la bibliothèque !

Résigné, Bilal répond :

– Je vais faire des efforts, monsieur.

– Je peux t'aider à réviser pour le prochain contrôle, si tu veux, lui souffle Maïna avec un sourire compatissant.

Bilal a déjà travaillé avec son amie, qui est patiente et pédagogue. Mais cette fois, il n'en a pas le courage. Il se contente de lui rendre son sourire, sans s'engager à rien.

Heureusement, il y a la danse. Les cours sont les seuls moments où Bilal se sent bien. Pendant quelques heures, il parvient à oublier sa peur, ses mauvaises notes, oublier tout le reste. « C'est tout ce qui compte, se dit-il en s'épongeant le front à la fin du cours de M. Borel. Tant que j'ai la danse, ça ira. »

En fin d'après-midi, les élèves se retrouvent dans une salle pour travailler le spectacle qu'ils vont présenter aux familles. Ils le géreront entièrement : à eux d'imaginer chorégraphies et costumes, de choisir la musique…

La bande participe à plusieurs tableaux collectifs, mais elle s'est aussi promis de travailler une scène juste pour eux six.

Pour le moment, ils se sont assis en cercle.

Constance brandit un petit carnet bleu turquoise.

– Ce week-end, j'ai regardé des tonnes de vidéos et j'ai pris au moins dix pages de notes. J'ai pensé que ça pourrait nous servir de base…

– Pitié ! se lamente Zoé. Tout mais pas ça ! Moi, je dis, on invente quelque chose de complètement nouveau !

Colas sourit à la petite rousse, avant de répondre :

– Tu sais, Zoé, on n'invente jamais rien de zéro. C'est vrai qu'il faut qu'on soit créatifs, mais pour qu'on puisse en parler, c'est quand même bien d'avoir des bases communes, non ?

– On pourrait aussi partir des gestes ? propose timidement Sofia. Chacun montre rapidement les idées qu'il a eues et on voit si on trouve quelque chose de commun ?

– Super idée, approuve Maïna.

– Vous ne croyez pas qu'on devrait choisir un chorégraphe parmi nous ? interroge Constance. Qui aurait le dernier mot si on n'est pas d'accord ? Sinon, on risque de discuter pendant des heures au lieu de répéter…

– Et ce serait toi, bien sûr ? demande Zoé, narquoise.

Constance lui tire la langue avant de répondre :

– Non, pas forcément. Bilal, qu'est-ce que tu en penses, toi ?

Le garçon sursaute. Il est si fatigué qu'il somnolait, bercé par les voix de ses amis.

– Tu crois qu'il vaut mieux se montrer des mouvements ou partir de la théorie ? tente de résumer Maïna.

– Je préférerais montrer, moi.

Les six amis évoluent donc à tour de rôle pour présenter leurs idées de chorégraphie.

Bilal est le dernier à passer. Il n'a rien préparé, alors il improvise. Mais les gestes qu'il propose l'étonnent lui-même. Il sent sa colère monter en lui, sa rage contenue. Il joue des poings comme un boxeur, improvise des chutes de judo, se roule au sol, puis le repousse. À nouveau debout, il s'élance, sollicitant toute la puissance de ses muscles pour sauter, encore et encore. Enfin, il s'arrête, à bout de souffle, le front trempé.

– Waouh ! souffle Colas, résumant l'opinion de la bande. On n'arrivera jamais à faire tout ça, Bilal…

Le garçon éclate de rire, un peu gêné

18

à présent de s'être laissé emporter de cette façon.

– Ouais, enfin, vous voyez l'idée, quoi !

Puis il ramasse ses affaires et annonce :

– Je suis désolé, les gars, mais il faut que j'y aille. Mon père m'attend… pour que je l'aide au magasin. On en reparle de toute façon. Allez, amusez-vous bien !

Et il file sans leur laisser le temps de répondre. Il a donné la première excuse qui lui est passée par la tête, et maintenant, il regrette. D'habitude, il ne parle jamais de sa vie à l'extérieur. « Je suis vraiment bon à rien, en ce moment », se dit-il en se prenant la tête dans les mains.

Dans la salle de danse, le reste de la bande s'interroge. Le comportement de Bilal les inquiète.

– Il décroche complètement en cours, explique Maïna. Et il trouve toujours des prétextes pour qu'on ne travaille pas tous les deux…

– Et puis cette chorégraphie, c'était… violent, non ? fait remarquer Constance.

– Vous croyez qu'il a des problèmes ? demande Zoé. Je veux dire, en dehors de l'École.

Colas se mord l'intérieur des joues. Il aimerait tellement raconter aux filles l'épisode de la bataille de rue… Mais il a promis. Il se contente donc d'acquiescer en silence.

– Je ne savais pas vraiment qu'il travaillait dans le magasin de son père, murmure

Sofia. Vous croyez qu'il le fait souvent ?

– Il ne parle quasiment jamais de ça, répond Constance.

– En même temps, on ne lui pose pas beaucoup de questions non plus, admet Colas. On est un peu dans notre bulle, à l'internat…

Les cinq amis se regardent, l'air coupable. Ils sont soudain honteux de ne pas en savoir plus sur la vie quotidienne de Bilal.

Mais les remords, ce n'est pas le truc de Zoé. La petite rousse déclare :

– Au lieu de nous en vouloir, voyons plutôt ce qu'on peut faire pour lui maintenant !

– Je n'ai qu'à le coincer à l'étude et le forcer à réviser, propose Maïna.

Les autres sourient : ils imaginent mal

la douce Martiniquaise utiliser la force !

– Si on s'y met tous, je suis sûre qu'on peut l'empêcher de se défiler, appuie Constance. Mais pour le reste ?

– Il nous faudrait un allié à l'extérieur, quelqu'un qui puisse nous dire ce qui se passe pour Bilal dehors, réfléchit Colas.

– Tu penses à qui ? interroge Sofia.

– Il a un grand frère de l'âge de Frantz, environ. Et une petite sœur de 8 ans, si je me souviens bien, explique Colas. On pourrait entrer en contact avec eux et leur demander directement si quelque chose ne va pas.

La bande est enthousiaste. En parlant au frère ou à la sœur de Bilal, ils ne feront rien de mal… et ils pourront peut-être comprendre ce qui arrive à leur camarade !

7

Le lendemain, la bande s'est mise d'accord sur la stratégie à adopter. C'est Zoé qui a été désignée pour entrer en contact avec Amel, la sœur cadette de Bilal. D'abord parce que la petite rousse adore jouer les agents secrets, mais surtout parce qu'elle est la plus jeune du groupe et n'a qu'un an de plus qu'Amel.

Zoé a appelé chez Bilal en se faisant passer pour une amie de sa sœur. Le lundi suivant, elle attend donc le départ du garçon pour convoquer une réunion extraordinaire de la bande. Elle a beaucoup de choses à dire…

– J'ai discuté avec Amel, commence-t-elle. Et elle était ravie de parler de son frère !

– Comment ça ? interroge Maïna.

– Eh bien figurez-vous qu'elle s'inquiète, elle aussi. Elle m'a dit qu'il faisait tout le temps la tête, qu'il ne parlait plus à table, qu'il ne blaguait plus. Elle se disait que ça devait être à cause de l'École…

– D'accord, l'interrompt Constance. On avait raison, il ne va pas bien. Mais on n'est pas tellement plus avancés !

– Attends, c'est pas tout ! proteste Zoé. J'ai appris plein de choses. Par exemple, Bilal aide de plus en plus souvent son père

I ♥

au magasin de vélos le week-end. Avant, Karim, son grand frère, y allait aussi. Mais c'est fini depuis qu'il a commencé son apprentissage.

La bande comprend à présent pourquoi Bilal est parfois plus fatigué le lundi matin que le vendredi soir…

– Et Amel m'a dit aussi que le père de Bilal n'aimait pas trop l'idée que son fils fasse de la danse.

La petite rousse a un air compatissant. L'École, c'est déjà difficile. Alors devoir réussir sans le soutien de sa famille, ça paraît fou.

– Tu crois que c'est pour cette raison qu'il ne va pas bien en ce moment ? demande Sofia.

– Ce qui est bizarre, c'est que ces problèmes-là ne datent pas d'hier, fait remarquer Constance. Alors pourquoi les choses empirent brusquement ?

Colas garde le silence, gêné. Il hésite : devrait-il raconter ce qu'il sait aux trois filles ? C'est tentant de ne plus porter ce secret tout seul… Mais il a promis. Il doit trouver une solution pour aider son ami, sans trahir sa confiance.

– Je vais aller voir Bilal, déclare-t-il. Je ne lui dirai pas qu'on a discuté avec Amel, mais il faut quand même que j'essaie de le faire parler.

Les autres acquiescent, déçues de ne pas encore avoir trouvé la clef pour aider le garçon, mais heureuses d'en savoir un peu plus sur sa vie en dehors de l'École.

Colas décide de passer à l'action le lendemain, après le déjeuner.

– Ça te dit, une micro-sieste au soleil ? propose-t-il à Bilal alors qu'ils viennent de terminer leur repas.

– Carrément ! répond joyeusement son ami. Vous venez, les filles ?

– Non, on a un truc à travailler pour le cours de danse, improvise Constance. Mais on se voit tout à l'heure !

Bilal hausse les épaules et suit Colas dans le parc. Venant de Constance, l'excuse d'un travail supplémentaire est tout à fait crédible !

Une fois allongé dans l'herbe, les mains derrière la tête, Colas se lance :

– Tu les as revus, les mecs de l'autre fois ? Ceux avec qui vous vous étiez battus ?

Bilal se redresse pour le regarder, surpris.

– Non. Je t'ai dit, on leur a passé l'envie de jouer les durs. Pourquoi ?

– Pour rien, répond le petit blond. Je me demandais, c'est tout. Je ne me suis jamais battu, moi… Ça doit être flippant, quand même.

Bilal se rallonge et répond par un vague grognement. Colas laisse passer un silence, puis tente une autre approche.

– Et chez toi ? Ça va bien ?

– Mais c'est quoi, cet interrogatoire ? demande Bilal en se redressant brusquement. Où est-ce que tu veux en venir ?

– C'est juste que… t'as pas l'air super en forme en ce moment. Alors je me disais que c'était peut-être difficile chez toi. Je sais pas… tes parents, ils en pensent quoi de l'École ?

– C'est quoi l'idée, là ? réplique Bilal,

d'une voix dure. C'est vrai, mes parents n'y connaissent rien à la danse. Tout le monde ne vient pas d'une famille de danseurs ou de chorégraphes comme toi, qui pensent que l'École, c'est le centre du monde.

Le garçon est soudain submergé par une colère disproportionnée. Comme si toutes les frustrations des dernières semaines se concentraient, bouillonnaient.

– Vous savez pas ce que c'est, de ne pouvoir compter que sur soi-même ! s'écrie-t-il en bondissant sur ses pieds. Si je me plante, il n'y aura personne pour m'aider, pour me payer des cours particuliers, pour me présenter des gens importants. Soit je réussis tout seul, soit je dégage. Alors oui, parfois j'ai la pression. Pardon de ne pas toujours être joyeux et au top de ma forme !

Bilal s'éloigne à grands pas vers le bâtiment de la danse, laissant derrière lui un Colas perplexe, qui marmonne :

– Justement, t'es pas tout seul… On est là, nous.

Arrivé dans le hall, Bilal s'arrête. Il ne sait pas pourquoi il s'est énervé sur Colas comme ça. « Il a pris pour tout le monde », s'avoue-t-il. C'est peut-être parce que son ami a parlé de la vie à l'extérieur de l'École. Et s'il se met à y penser quand il est en cours, alors la peur risque d'envahir ses journées. Et là, il ne pourra plus profiter de rien.

Mais, à mesure que la colère retombe, Bilal comprend que Colas a raison sur un point : il ne va pas bien. Et il ne peut pas continuer ainsi.

« Je suis à cran en permanence, se dit-il. Il faut que je trouve une solution pour que tout ça s'arrête. »

Il a déjà retourné le problème dans tous les sens, il n'a aucun moyen de s'assurer que ce qu'il a vécu ne se reproduira pas. « La police n'en aurait rien à faire, songe-t-il, amer. Et mes parents n'accepteraient jamais que je devienne interne alors que j'habite à dix minutes de l'École. »

Alors il se prend à rêver d'aller étudier la danse à l'étranger. Comme Sofia. Là au moins, personne ne le connaîtrait. Mais une nouvelle fois, la réalité le rattrape. « Mes parents ne pourraient pas me payer ça. Et de toute façon, papa ne serait jamais d'accord… »

Bilal secoue la tête.

« Je voudrais tellement que tout redevienne comme avant. Quand je ne connaissais pas la danse. Que j'étais comme tout le monde, que je n'avais pas de problèmes… »

Il soupire. Et si c'était ça, la solution ? Tout arrêter. Abandonner l'École. Abandonner la danse, même.

« Je suis en pleine forme, je suis sûr que si je me remets au foot, je pourrais intégrer une bonne équipe, peut-être même un centre de formation. Et là, Steeve et les autres trouveraient que je suis super cool comme mec. »

L'idée de ne plus danser lui tord l'estomac et lui déchire le cœur. Mais il a envie de ne plus avoir peur sans arrêt. Que la vie soit facile.

« Ça arrangerait tout le monde. Mon père serait ravi, je suis sûr ! »

Bien sûr, il y a la bande… « Mais ils finiraient par m'oublier, si je n'étais plus à l'École. On se parlerait un peu au début, et puis à force de ne pas se voir… »

Oui, l'idée de tout envoyer promener lui semble séduisante brusquement.

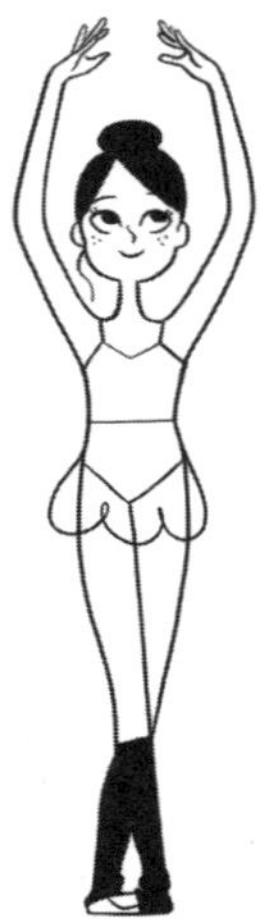

8

Le soir même, à la cantine, Colas fait son rapport aux filles de la bande.

– Je ne comprends toujours pas ce qui lui arrive, explique-t-il en attaquant ses carottes râpées. Mais en tout cas, il s'est énervé quand j'ai parlé de sa famille… Il m'a dit que je savais pas ce que c'était d'avoir des parents qui ne connaissaient rien à la danse.

Maïna fait la moue.

– C'est sûr que si sa famille ne s'intéresse

pas à ce qu'il fait, ça doit compliquer les choses…

– Mais s'ils le voyaient danser, ils changeraient peut-être d'avis, vous ne croyez pas ? s'écrie Zoé. C'est comme dans les films ! Le père de Billy Elliot qui pleure en découvrant son fils sur scène !

– Ils viendront sûrement à la Fête de l'École, non ? fait remarquer Sofia.

– Ça, on ne sait pas, souffle tristement Constance. Parfois, les parents ont d'autres priorités.

– Et pourquoi on n'essaierait pas de s'en assurer ? s'enflamme Zoé en brandissant un bout de pain. Je peux en parler à Amel. Voir ce qu'ils ont prévu, et si elle peut nous aider.

Colas réfléchit. Il craint que Bilal se soit de nouveau battu. Qu'il ne lui ait pas tout dit. Quoi qu'il en soit, l'idée de Zoé n'est pas mauvaise. Ça ferait sans doute du bien à leur ami de se sentir soutenu.

– Très bien, tranche-t-il. Zoé, tu contactes Amel. Et nous, on garde un œil sur Bilal.

Le lendemain matin, quand Colas retrouve les filles à la cantine pour le petit déjeuner, elles semblent satisfaites.

– J'ai parlé avec Amel, hier, annonce Zoé dès que le petit blond a posé son plateau à côté d'elle. Visiblement, Bilal a dit à sa mère que ce n'était pas la peine de venir au spectacle…

– C'est bizarre, non ? demande Sofia. Moi, j'adorerais que mes parents puissent faire le voyage.

La petite rousse acquiesce avant de poursuivre :

– Je lui ai parlé de notre idée, et elle m'a dit qu'elle allait essayer d'organiser ça avec sa mère. Elle ne garantit pas que son père et son grand frère seront là, mais elle va tout faire pour.

Colas réfléchit. « J'espère qu'on ne commet pas d'erreur… Si ça se trouve, Bilal a une raison de ne pas vouloir que ses parents soient présents », soupire-t-il.

La journée ne lui apporte pas de réponse : il a beau observer son ami, il ne remarque rien de particulier. Ce dernier semble décidé à faire comme si leur dispute n'avait pas eu lieu. Égal à lui-même, il se moque gentiment de Colas et le bat à plates coutures au ping-pong… Il paraît en pleine forme. Sans problèmes.

Le soir, alors que son ami est parti, Colas fait le point avec les filles avant de passer à ses devoirs. Elles aussi ont trouvé le comportement de Bilal tout à fait normal.

– Peut-être qu'il a juste eu un coup de mou et qu'on s'est emballés pour rien, suggère Constance.

Mais un peu plus tard, alors que Colas referme son livre d'histoire et s'apprête à aller dîner, il reçoit un SMS de Zoé.

Dans 2 minutes au ping-pong. Super urgent !!!

Colas enfile ses baskets en quatrième vitesse et se précipite dans la cour intérieure. Les filles sont déjà là… et elles ont l'air très inquiètes.

– Qu'est-ce qui se passe ? demande le petit blond.

– Je viens d'avoir un message d'Amel. Bilal est rentré chez lui avec la lèvre en sang ! Elle était complètement paniquée.

– Il a raconté qu'il s'était cassé la figure à l'École, poursuit Constance.

– Je ne sais pas si j'aurais dû, complète Zoé, mais je lui ai dit que ce n'était pas vrai. Qu'il n'avait rien en partant tout à l'heure.

– Et on essaie de l'appeler depuis un quart d'heure, mais il ne répond pas au téléphone, termine Maïna qui semble au bord des larmes.

Colas est livide. Il aurait dû parler bien plus tôt de ce que lui a confié Bilal.

Il prend une profonde inspiration et se lance :

– Il y a quelque chose que je ne vous ai pas raconté. C'était il y a un mois environ. En cours de danse, j'ai remarqué que Bilal n'était pas bien. Il avait l'air d'avoir mal partout… Et il m'a avoué qu'il s'était battu.

– Quoi ?! Mais avec qui ? s'écrie Constance, les yeux écarquillés.

– Des caïds du quartier, je crois. Il n'avait pas l'air inquiet. Et il m'a fait jurer de garder le secret, alors…

Après quelques secondes de silence, Zoé proteste :

– Mais c'est grave, quand même ! Tu aurais dû dire quelque chose. Même si tu avais promis de ne pas nous en parler, il fallait au moins prévenir un adulte !

Maïna pose une main sur le bras de la petite rousse.

– Ça ne sert à rien de faire des reproches à Colas maintenant, souffle-t-elle.

– Mais qu'est-ce qu'on décide alors ? s'écrie Zoé.

– Il est chez lui, il est en sécurité, réfléchit Constance. Demain matin, quand il arrive, on lui parle et on lui conseille d'aller voir Séraphin ou la directrice.

– Et s'il refuse ? demande Sofia.

– On s'en charge à sa place, tranche Constance. C'est trop grave.

Quand Bilal est de retour à l'École le lendemain matin, il est épuisé. Au bout du rouleau. La veille, les caïds du quartier l'ont attendu. Ils l'ont frappé. Encore. Il a mal partout. Mais surtout, il n'en peut plus. Il ne veut plus vivre dans la peur.

Après une nuit à trembler de colère et

d'angoisse, il a pris une décision. La seule possible. Il va quitter l'École, arrêter la danse. « C'est le seul moyen pour qu'ils me laissent tranquille », se dit-il sombrement en passant le pouce sur sa lèvre inférieure enflée.

Il sait qu'en voyant son visage marqué tout le monde va lui poser mille questions. Surtout la bande, bien sûr.

Et ça ne rate pas : il n'a pas posé un pied dans la cour que ses amis lui sautent dessus.

– Ça a recommencé, c'est ça ? l'interroge Colas. Tu t'es battu ?

– Qu'est-ce que tu racontes ? réplique Bilal. Je me suis juste planté à vélo, crevette !

Il tente de donner le change, mais, malgré tous ses efforts, sa voix se casse. Il est au bord des larmes.

– Dis-nous la vérité, demande Constance, l'air grave.

Bilal secoue la tête. Il n'a plus la force de mentir. Et de toute façon, il n'a plus rien à perdre.

– Je… je me suis fait casser la figure… souffle-t-il.

Il a honte de se montrer comme ça devant ses amis. Fragile. Faible.

Sofia a porté la main à sa bouche, horrifiée. Tous semblent bouleversés.

– Tu as mal ? murmure Maïna.

– Ça va, murmure-t-il.

Sa voix tremble quand il poursuit :

– C'est des imbéciles. Ils n'aiment pas l'idée qu'un garçon fasse de la danse classique…

Ses amis sont unanimes : il faut en parler à un adulte !

La bande s'attend à devoir convaincre Bilal, mais ce dernier acquiesce.

Il se sent vidé de toute énergie. Incapable de leur parler, de tenter de leur expliquer sa décision. Il imagine leur réaction outrée, leurs objections, leurs solutions… L'idée d'avoir à les écouter est insurmontable.

– Comme vous voulez… souffle-t-il. Je vous demande d'attendre un peu. On en parlera demain, OK ? Là, j'ai juste envie de penser à autre chose.

Constance fronce les sourcils.

– Tu es sûr ? Moi, je crois qu'il ne faut pas perdre de temps…

– Qu'est-ce que ça va changer ? la coupe Bilal. Je vous demande une journée. Une petite journée de tranquillité.

Il y a tant de tristesse dans sa voix que ses amis se taisent, penauds.

Dans l'esprit de Bilal, les choses sont claires. Il va aller voir Mlle Pita et lui signifier qu'il veut quitter l'École. Et pas plus tard qu'aujourd'hui.

Après les cours de la matinée, au lieu de se rendre au vestiaire, il file vers l'étage de l'administration. Il va trouver Garance, l'assistante de la directrice. Cette dernière écarquille les yeux en le voyant approcher.

– Qu'est-ce qu'il s'est passé ? s'enquiert-elle en fronçant les sourcils.

Bilal porte la main à sa lèvre.

– Oh ça ? Je suis tombé à vélo.

Puis il reprend, impatient d'en arriver au fait :

– J'ai besoin de voir Mlle Pita. C'est très urgent.

Garance doit sentir le désespoir dans

sa voix, car elle jette un coup d'œil à l'écran de son ordinateur, puis annonce :

– Attends-moi ici. Je vais lui demander si elle peut te consacrer quelques minutes. Mais je ne te garantis rien, d'accord ?

Le garçon acquiesce. Maintenant que sa décision est prise, il veut que tout soit réglé le plus vite possible…

Quelques instants plus tard, Garance ressort du bureau de la directrice.

– Tu peux y aller, dit-elle.

Les jambes tremblantes, Bilal entre dans le grand bureau. Une seconde fois, il doit expliquer sa blessure à la lèvre. Mlle Pita, rassurée, l'invite alors à s'asseoir.

Un instant, le jeune danseur pense à fuir en courant. Puis il se reprend. Comme il ne sait pas par où commencer, il avoue directement :

ANNA
PAVLOVA

– Je voulais vous voir pour vous dire que… j'aimerais… quitter l'École.

Il a presque chuchoté les derniers mots, craignant la réaction de Mlle Pita.

Cette dernière lui lance un regard surpris et se recule sur son siège.

– Que se passe-t-il, Bilal ?

– C'est juste que… ça ne me convient plus, marmonne-t-il, le visage fermé.

– Tout d'un coup, comme ça ? l'interroge Mlle Pita en arborant une mine soucieuse. Je sais que tes résultats scolaires ne sont pas très bons, mais si c'est ça, le problème, je suis sûre que nous pourrions trouver des solutions. Envisager un tutorat, des cours de soutien…

Bilal secoue la tête.

– Je veux partir, déclare-t-il, plus fort, cette fois.

La directrice soupire.

– Bien. C'est courageux de ta part de venir m'en parler seul. C'est une décision qui demande réflexion. Je te propose d'en reparler dans quelques jours.

Voyant que Bilal ne répond pas, elle ajoute :

– De toute façon, comme tu es mineur, j'ai besoin d'en discuter avec tes parents. Nous allons les contacter pour fixer un rendez-vous.

Bilal fait la moue. Il s'en veut de n'avoir pas pensé à ça. « C'était évident, pourtant. » Pour eux aussi, il faudra qu'il trouve une explication. « En même temps, ça fera tellement plaisir à papa… » conclut-il, amer.

– Tu peux aller déjeuner, termine Mlle Pita. Et il va sans dire que je compte sur ta présence à tous les cours de cette semaine. Entendu ?

– Entendu, répète Bilal en se levant.

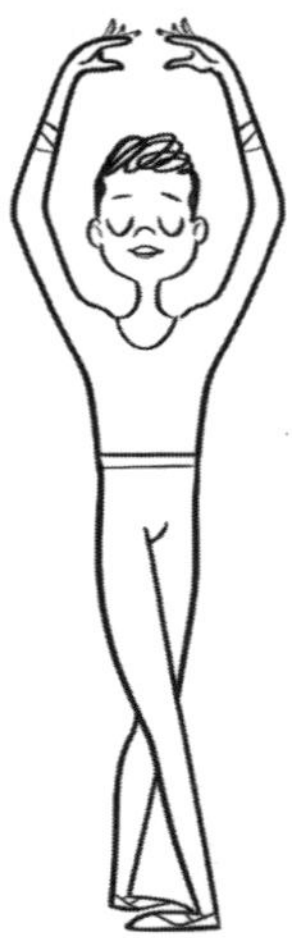

9

Sonné par ce qu'il vient de faire, Bilal rejoint le vestiaire des garçons. Il est vide : les autres sont déjà en train de déjeuner. Le garçon se change rapidement et file au réfectoire. Mais quand il cherche ses amis des yeux, il ne les voit pas. « Tant mieux, après tout », se dit-il en s'installant tout seul à une table. Il n'a aucune envie de parler.

Au moment où il commence à manger, le reste de la bande se retrouve dans le parc pour discuter de son cas.

– Je sais que Bilal nous a demandé d'attendre, déclare Colas. Mais s'il se fait casser la figure ce soir en sortant de l'École ? Vous imaginez ce qu'on ressentira ?

Les filles le regardent, perdues. Que faire pour aider leur ami ? Tenir leur parole ou bien lui désobéir ?

– Qu'est-ce que tu proposes ? finit par demander Maïna.

– On va voir la directrice tout de suite ! suggère Colas. C'est elle qui décidera quoi faire. Moi, je ne peux pas garder tout ça secret plus longtemps. Je m'en veux déjà bien assez de ne pas en avoir parlé plus tôt.

Le petit groupe se met donc immédiatement en route vers l'administration. Mais, dans le hall du bâtiment de la scolarité, les cinq amis tombent nez à nez… avec

Mlle Pita, en grande discussion avec Séraphin le surveillant général !

– Qu'est-ce que vous faites par ici avec ces mines de comploteurs ? leur lance Séraphin d'un ton faussement sévère.

– Il y a une urgence, annonce Zoé d'une voix ferme.

– Encore une ? s'exclame Mlle Pita. Quelle journée !

Les amis échangent un regard surpris.

– Racontez-nous ça, les encourage le surveillant général.

Colas prend finalement la parole. En quelques mots, il explique tout ce qu'il sait : leur ami Bilal est victime de voyous du quartier, ils sont inquiets pour lui, pour sa sécurité et sa santé. Non, à leur connaissance il n'en a parlé à personne. Et non, ils ne connaissent pas les voyous en question.

– Je comprends mieux à présent, murmure Mlle Pita, le visage soucieux.

– Vous avez bien fait de venir tout nous raconter les enfants, leur dit Séraphin, une fois leur récit terminé. Nous allons nous en occuper.

Les deux adultes s'éloignent, laissant le petit groupe aussi soulagé que désemparé. Que va-t-il se passer maintenant ? Ont-ils pris la bonne décision ?

Le cours de danse qui suit est très particulier pour Bilal et Colas. Le petit blond passe l'heure et demie à observer son ami, si bien qu'il se fait reprendre plusieurs fois par M. Borel.

– Un peu de concentration, Colas !

gronde le professeur quand le garçon se détourne du mauvais côté à la barre.

Bilal lui lance un regard surpris. Ce n'est pas le genre de Colas d'être distrait… Puis il hausse les épaules et reporte son attention sur l'exercice. Il est bien décidé à se donner à fond.

«Je ne sais pas combien de cours de danse il me reste, pense-t-il. Alors autant finir en beauté.» Il exécute chaque mouvement le mieux possible. Il voudrait arrêter le temps pour profiter de chaque détail. Il cherche à graver le moindre geste, la moindre note de musique dans sa mémoire.

Mais bien sûr, le temps n'en fait qu'à sa tête… Bilal a l'impression que le cours se déroule en accéléré. Il a à peine le temps de dire « ouf » que déjà la barre est termi-

née. Les exercices au milieu passent en un clin d'œil. Au moment des étirements, peut-être parce qu'il est plus détendu qu'il ne l'a été depuis des semaines, il sent son corps s'allonger. Et pour la première fois depuis son arrivée à l'École, ses cuisses touchent le sol. Il ne s'était pas rendu compte qu'il en était si proche. Et le voilà en grand écart !

Il croise le regard de Colas, qui lève le pouce en lui faisant un large sourire.

« C'est bizarre, songe Bilal. C'est quand ça ne me sert plus à rien que je réussis… »

Toute la fin d'après-midi, Bilal a l'impression d'évoluer dans un épais brouillard qui étouffe les sons et lui brouille la vue. Mais au moment de partir, il sent une angoisse familière l'envahir. « Il faut bien que je rentre chez moi », se dit-il pour se donner le courage de franchir les grilles. Le début du trajet se déroule sans incident. Il roule vite, il fait beau. Il se détend un peu. Mais soudain, alors qu'il tourne au coin d'une petite rue, tout près de chez lui, son cœur se serre. Steeve, Thiago, Quentin et Kylian lui barrent le passage. Ils l'attendaient.

– Ça ne t'a pas suffi, hier ? lance méchamment Steeve. Tu en redemandes ?

– T'as toujours pas compris ? Tant que tu iras dans cette école, on ne te laissera pas tranquille, ajoute Thiago.

Steeve ricane et reprend :

– On veut juste te remettre sur le droit chemin, mec.

Les garçons bloquent son vélo pour l'empêcher de fuir, et Bilal sent son estomac qui se tord. Mais, alors qu'il serre les dents, une voix familière résonne soudain dans leur dos.

– Vous vous y mettez à quatre contre un, les gars ? Vous devez vraiment avoir peur de lui…

Bilal écarquille les yeux, stupéfait. Son grand frère Karim vient de surgir de nulle part. Et il n'est pas seul : trois de ses amis l'accompagnent !

Tout d'un coup, la confiance change de camp. Steeve, Thiago et les autres reculent en levant les mains.

– Ça va, on rigolait, t'inquiète.

– Ouais, on faisait que parler.

Karim s'approche de Steeve et siffle fermement :

– Je te le dis gentiment, parce que c'est la première fois : vous laissez Bilal tranquille. S'il lui arrive quoi que soit, on vous retrouvera et ça se passera pas aussi bien. Compris ?

Steeve a pâli. Il bredouille :

– Compris.

Karim se tourne vers son frère et demande :

– Ça va, p'tite tête ?

Bilal le regarde, médusé. Il finit par bafouiller :

– Mais… comment… ?

– Comment j'ai su ? Pas par toi, en tout cas ! poursuit-il avec un regard sévère. Tu aurais dû m'en parler. À quoi ça sert, les frangins, franchement ?

Après avoir frotté le crâne de Bilal, il reprend :

– C'est le petit Mathis, qui est venu me parler.

Bilal écarquille les yeux, stupéfait. Son ancien ami faisait pourtant partie de la bande des caïds.

– Il m'a tout expliqué, reprend Karim. Il était paniqué après hier soir, il m'a dit que les choses étaient allées trop loin. Il s'en veut.

Bilal ne répond rien. Il n'est pas sûr de pouvoir pardonner à Mathis. Mais, au moins, il a essayé de l'aider. « Peut-être en souvenir de notre amitié ? »

– Bref, j'ai appelé les potes, et j'ai posé une demi-journée de congé. Et voilà !

Bilal a l'impression de rêver. Tout semble tellement simple à présent. Pourquoi n'a-t-il jamais osé se confier à son grand frère ?

Le sourire aux lèvres, il suit Karim. Ils rentrent chez eux. Bilal ne s'est jamais senti aussi léger. Il sait qu'il n'est plus seul, désormais.

10

De retour chez lui, Bilal est accueilli par ses parents. Le coup de fil de la directrice leur annonçant que leur fils souhaitait quitter l'École les a inquiétés. Ils attendaient qu'il soit là pour comprendre.

Autour de la table et d'un bon couscous, c'est un véritable conseil de famille qui a lieu à présent. Bilal se confie enfin.

– Je suis désolé de ne pas vous avoir parlé, déclare-t-il après avoir raconté ce que lui avaient fait subir les petits caïds. Je voulais m'en sortir tout seul…

Sa mère a les larmes aux yeux.

– C'est moi qui suis désolée, mon chéri, souffle-t-elle, la voix tremblante. Je n'ai rien vu…

La gorge nouée par l'émotion, Bilal ne parvient pas à répondre, il secoue simplement la tête, pour lui dire que ce n'est pas grave.

Alors qu'Amel se lève pour venir lui faire un câlin, son père prend la parole, le visage sombre :

– Tu sais que ton choix de danser n'est pas facile à comprendre pour moi. Mais il est hors de question que des imbéciles t'empêchent de faire ce que tu veux. Nous sommes tous là pour toi, Bilal.

– Et nous penserons à te le montrer plus souvent, ajoute sa mère. Pour commencer, nous viendrons tous ensemble à la Fête de l'Ecole !

Bilal sourit. Au moment des Démonstrations, un spectacle à l'Opéra, au cours duquel élèves et professeurs présentent leur cours au public, il avait assuré à sa mère qu'elle n'avait pas besoin de venir. Pourtant, aujourd'hui, il est rempli de joie à l'idée que tous les membres de sa famille soient présents dans la salle pour la fête, qu'ils assistent au spectacle créé par les élèves, qu'ils participent au goûter qui suit avec les professeurs…

Un gémissement de Karim le tire de ses pensées :

– Oh non ! Je fais une bonne action et

c'est comme ça qu'on me remercie ? T'es fier de toi, j'espère.

Les yeux emplis de larmes, Bilal éclate de rire.

Le lendemain matin, la bande attend avec impatience le retour de Bilal. Dès qu'elle le voit arriver, Maïna se précipite vers lui et le serre dans ses bras. Puis elle l'écarte pour l'examiner, le front plissé.

– Le trajet s'est bien passé ? demande-t-elle. Pas de problèmes ?

Bilal rassure la bande, qui a suivi Maïna de près, puis lance :

– Figurez-vous qu'à cause de vous, ma mère a insisté pour m'accompagner. La loose !

Les autres se regardent, perplexes.

– Tu es au courant qu'on a parlé à la directrice ? s'écrie Zoé, les yeux écarquillés.

Bilal éclate de rire.

– Bah oui, elle a appelé mes parents, banane !

La petite rousse se mord la lèvre, gênée.

Il raconte à ses amis son retour, la veille, l'intervention de son frère et le repas de famille. Puis, sur sa lancée, il leur avoue qu'il avait lui aussi parlé à Mlle Pita, mais pour annoncer son départ de l'École.

La conversation est loin d'être terminée quand la cloche sonne. La suite va devoir attendre le déjeuner !

C'est donc au réfectoire que les six amis continuent leur discussion. L'ambiance est joyeuse et détendue. Ils sont heureux.

– C'est bizarre d'avoir deux vies, explique Bilal. Une à l'École avec vous… et une en dehors. Le soir, quand vous rentrez à l'internat, moi je retourne à l'extérieur. Et c'est pas du tout comme ici !

– Il y a de quoi devenir un peu schizophrène, approuve Constance.

– Devenir quoi ? demande Zoé.

– Schizophrène : avoir plusieurs personnalités, explique Maïna. C'est une maladie mentale.

La petite rousse hoche la tête.

– Le Bilal de Nanterre et le Bilal de l'École de Danse, quoi.

Le groupe rigole.

– Sérieusement, reprend Bilal. Je vous remercie d'avoir veillé sur moi…

– On est là pour ça, rétorque Colas.

– Tu es toujours de bonne humeur, lance Sofia. C'est grâce à toi qu'on s'amuse autant.

– Et à moi aussi, bien sûr, intervient Zoé. Ce qu'on essaie de te dire, c'est que c'était à notre tour de faire quelque chose pour toi !

Bilal acquiesce.

– Retiens juste que si c'est grave, tu nous le dis, termine Constance.

– Marché conclu ! répond Bilal.

Les six amis scellent leur nouveau pacte en se tapant dans la main, avant de se diriger vers le bâtiment de la danse.

Après leur cours de classique, une

répétition de la Fête de l'École les attend. Et ses amis ont prévu une surprise pour Bilal : pendant leur temps libre à l'internat, ils ont travaillé une chorégraphie sur le modèle de celle qu'avait improvisée Bilal. Ils l'appellent la « Danse du boxeur ».

Le vendredi de la semaine suivante est un jour important pour tous les élèves de l'École de Danse : celui de leur fête !

Chacun connaît son rôle, les chorégraphies sont au point, les costumes fignolés. Mais dans les coulisses, les cœurs battent à tout rompre, dans un mélange de joie et d'appréhension. Car la salle est remplie de spectateurs exceptionnels : les familles !

Bilal sait que, quelque part dans

l'amphithéâtre, se trouvent son père, sa mère, Karim et Amel, impatients de le voir à l'œuvre. Et pour lui, le spectacle a une valeur très particulière. Car il a un invité de plus : Mathis. Les deux garçons ne sont pas réconciliés, mais Bilal a voulu lui proposer de venir. Et il est là. Peut-être que son ancien ami aimera ce qu'il verra, peut-être pas. « Mais ça vaut le coup d'essayer », songe le jeune danseur.

La bande l'entoure. Ils posent leurs mains l'une sur l'autre, dans une pyramide désordonnée, puis les lèvent toutes en même temps en criant :

– Allez !

Ils sont prêts pour entrer en scène.

Quelques instants plus tard, la musique de leur chorégraphie résonne dans la grande salle. C'est le signal. Bilal s'avance

le premier dans la lumière des projecteurs. Il se sent bien. Il est confiant. Son corps et son cœur ont une histoire à raconter.

Avec toute la puissance dont il est capable, il s'élance, prend appui sur le sol et bondit. Il s'élève, porté par tous les regards qu'il imagine dans l'obscurité. À son tour, il vole.

Bientôt, ses amis l'encerclent, mimant l'agression et l'attaque, les moqueries. Tirant Bilal d'un côté, puis de l'autre, le poursuivant autour de la scène.

Deux clans se forment ensuite, trois contre trois. Mais peu à peu, les mouvements de lutte se transforment, les gestes des uns imitent ceux des autres, comme s'il s'agissait de leurs reflets.

Enfin, les six danseurs se réunissent en cercle au centre de la scène. Unis.

Le spectacle terminé, un tonnerre

d'applaudissements résonne dans la salle. Les élèves saluent par rangées et profitent des lumières rallumées pour chercher leurs proches des yeux.

Bilal repère d'abord Mathis. Il applaudit, le visage joyeux. Leurs regards se croisent, et Bilal sourit. Apaisé.

À côté se trouve sa famille. Eux sont debout pour applaudir. Karim siffle pour faire plus de bruit encore et Amel crie son nom. Avant, Bilal aurait sans doute été gêné par cette démonstration un peu trop exubérante. Mais aujourd'hui, il est heureux. La fierté dans leurs regards est le plus beau des cadeaux.

De retour dans les coulisses, la bande se réunit à nouveau.

– C'était génial ! s'écrie Zoé en sautillant sur place.

– C'est vrai, bravo, les petits ! leur lance Frantz, le grand frère de Colas, en passant à côté d'eux.

– Et c'est grâce à toi, Bilal, déclare Maïna. La chorégraphie que tu as imaginée était vraiment puissante.

Bilal sourit à ses amis. Il est heureux. La rencontre des deux mondes a eu lieu, et il a survécu.

– Maintenant, je suis prêt pour n'importe quoi ! déclare-t-il fièrement. Rien n'est insurmontable, pas vrai ?

Les autres échangent un regard complice, et Maïna répond :

– Même pas le prochain contrôle de maths ?

La bande éclate de rire. Tant qu'ils sont ensemble, rien ne les arrêtera.

Savais-tu que l'École de Danse de l'Opéra se situe bien au 20, allée de la Danse ?

Ces quelques pages te permettent d'en savoir encore plus...

La Fête de l'École

Tous les ans, au mois de juin, les petits rats de l'École de Danse de l'Opéra de Paris montent le spectacle de la Fête de l'École. Ils doivent tout préparer de A à Z : les chorégraphies, les costumes, les décors ! Pas question de chômer, ils dansent devant des spectateurs particuliers : leurs familles ! La surprise est totale pour les professeurs et la directrice de l'École qui découvrent le spectacle en même temps que les parents des élèves.

LE SAVAIS-TU ?

À l'École de Danse de l'Opéra, les petits rats ne disent pas « bonjour » aux professeurs de danse et aux professionnels du milieu. Ils ne sont pas impolis pour autant ! Les mots sont remplacés par une révérence : inclinaison de tête pour les garçons et courbette pour les filles. C'est la tradition.

La danse, un « truc de filles » ?

Pas du tout ! C'est un sport intense, qui demande un effort physique important, chez les garçons comme chez les filles. Les danseurs doivent s'entraîner plusieurs heures par jour, et même pratiquer la musculation pour maîtriser certaines figures et porter leur partenaire. L'École de Danse de l'Opéra n'accueille d'ailleurs pas que des filles, au contraire ! En 2016, on trouvait chez les petits rats 55 garçons et 67 filles âgés de 8 à 17 ans.

Découvre les autres histoires
de nos petits rats de l'École de Danse !

N° d'éditeur : 10227624
Cet ouvrage a été achevé d'imprimer en juin 2017
par GGP Media GmbH à Pössneck, en Allemagne

FSC
www.fsc.org
MIXTE
Papier issu de
sources responsables
FSC® C022030